Geschichten aus unserer Geschichte

aus der Reihe
„Perlen unserer Erinnerung"

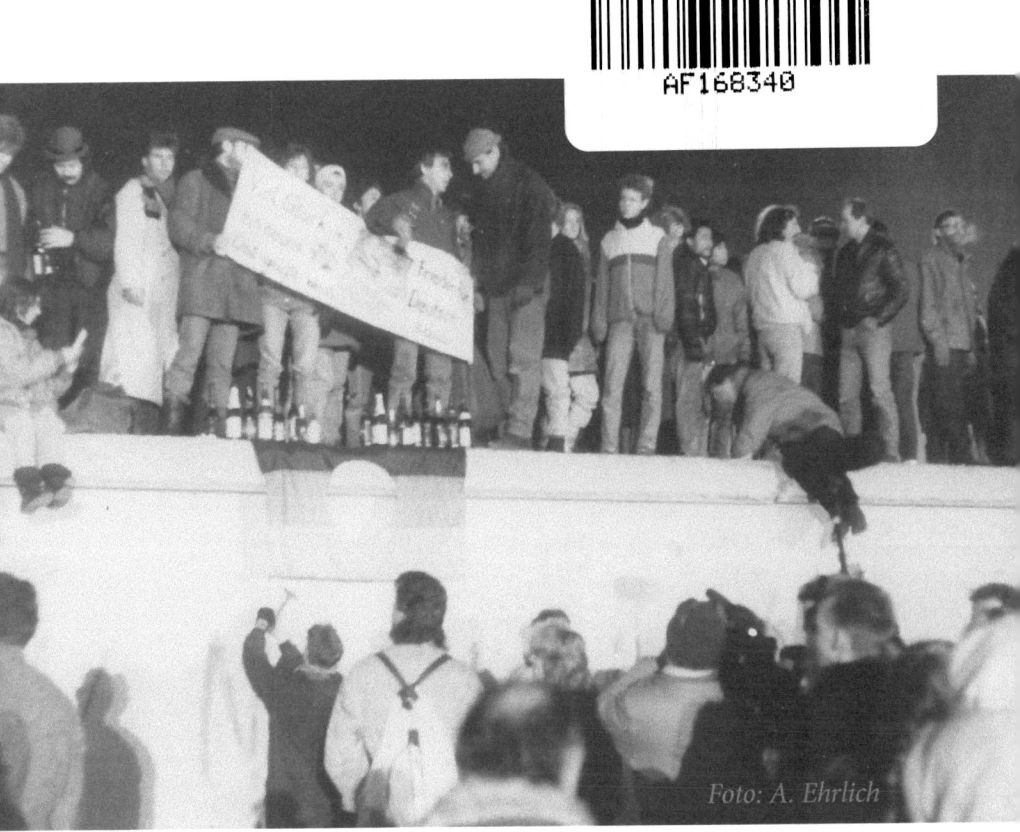

Foto: A. Ehrlich

Carmen Sabernak (Hrsg.)

Bibliografische Information der Deutschen Nationalbibliothek:
Die Deutsche Nationalbibliothek verzeichnet diese Publikation in
der Deutschen Nationalbibliografie; detaillierte bibliografische Daten
sind im Internet über dnb.d.nb.de abrufbar.

Impressum
2015 © Carmen Sabernak (Hrsg.), alle Rechte vorbehalten

Herstellung und Verlag:
Books on Demand GmbH, Norderstedt

Satz und Layout:
Nicole Mewes

Bildnachweis (Cover):
Perlen: © by-studio © sonne fleckl - Fotolia.com
Foto: © Annette Ehrlich - Privatarchiv

ISBN: 9783734745812

Inhalt

Vorwort

Carmen Sabernak hatte die Idee, die schönen Erinnerungen unterschiedlicher Menschen zu sammeln. Erinnerungen, die wertvoll wie Perlen sind. Regelmäßig trafen sich in der AWO Teltow einige Mitstreiter, tauschten Erinnerungen aus und lasen aus ihren Geschichten. So wurde recht schnell der Entschluss gefasst, diese „Perlen unserer Erinnerung" in kleinen Büchern aufzubewahren. Inzwischen halten Sie das dritte Buch aus dieser Reihe in den Händen. Die Geschichten sind so unterschiedlich, wie die Menschen, die sie erlebt haben und wurden zum Teil schon vor Jahren aufgeschrieben. Deshalb finden sich teilweise auch noch Texte in der alten Rechtschreibung. Diese wurden absichtlich nicht angepasst, denn sie sind Perlen aus der betreffenden Zeit.

Wir wünschen Ihnen ebenso viel Vergnügen beim Lesen, wie wir Freude hatten, das Buch zu gestalten.

Herzliche Grüße

die Autorinnen und Autoren

Meine Erinnerungen an die jüngere deutsche Geschichte

Wir stammen aus Ostpreußen. Als im Januar 1945 die Rote Armee schon fast vor der Haustür stand, wurde die Bevölkerung aufgefordert, Haus und Hof zu verlassen und zu flüchten. So machte sich auch meine Mutter, nachdem sie im Dezember 1944 ihren Mann begraben hatte, ihr einziger Sohn gefallen war, sie nichts über den Verbleib ihrer 3 ältesten Töchter, die schon außer Haus lebten, wußte, mit ihren 5 jüngsten Mädchen auf den Weg ´gen Westen. Anfänglich fuhren wir mit Pferd und Wagen, dann ging es zu Fuß weiter. Meine Mutter wollte nach Güterfelde, Kreis Teltow, wo Verwandte von ihr lebten. Sie erhoffte sich dort Hilfe.

Als wir im Februar bei Berlin ankamen, waren wir halb verhungert und erfroren, verlaust und hatten nur noch das, was wir am Leibe trugen. Ich war noch nicht 2 Jahre alt und mußte getragen werden. Diese Schlepperei wurde meiner Schwester Margarete übertragen, die das älteste Kind von unserer Flüchtlingsfamilie war. Es war ein Wunder, daß wir überlebten und kein Kind verloren ging. Dieses Vorwort ist teils Legende, weil 100 mal erzählt, teils vage Erinnerung. Ein Gefühl habe ich aber steinhart im Magen, da es meine ganze Kindheit überschattete: Hunger.

GELA

Hunger

Eine Episode soll davon berichten: Als ich 7 oder 8 Jahre alt war und noch unter ein Bett paßte, geschah es, daß ich unter dem Bett meiner Mutter eine kleine Waschschüssel erspähte. Ich faßte hinein, leckte an meinem Zeigefinger und es war süß. Ich hatte in einen Marmeladenvorrat gefaßt, der sorgsam gehütet wurde. Ich schleckte und schleckte unter dem Bett, bis die Schüssel leer war und kam mir wie im Schlaraffenland vor. Daß ich die Ration für einen Monat, der für die ganze Familie reichen sollte, verschlungen hatte, war mir nicht bewußt. Ob mir davon hinterher schlecht wurde und ob ich deshalb Schläge bekam, weiß ich nicht mehr.

Als meine großen Schwestern aus der Internierung kamen, ging es uns etwas besser. Solche Auswüchse kann Hunger verursachen!

GELA

Grenzgeschichten und historische Daten

1947 wurden wir nach einigen Notunterkünften dauerhaft in eine Bruchbude, mehr Laube als festes Haus, eingewiesen. Dazu gehörte ein großer Garten, so daß wir etwas Gemüse anbauen und einige Tiere halten konnten. Das Anwesen lag in Kienwerder, nahe am Sanatorium, dicht an der Grenze zu Wannsee, wo auch die Wüste Mark liegt, die schon zu Zehlendorf gehört.

Einmal im Winter 1948 waren wir Kinder auf dem Vermessungsberg, einer Anhöhe, die schon im Grenzgebiet lag, Schlittenfahren und im Sommer darauf waren wir auf der Autobahnbrücke, die nach Albrechts-Teerofen führt. Dies waren die einzigen Male vor 1989 wo ich das Grenzgebiet, das in der Nähe unseres Hauses lag, betreten habe.

Seit 1949 ging ich in dem Dorf Güterfelde zu Schule. Das Dorf ist 3 km von der Siedlung Kienwerder entfernt. Wir versuchten die Strecke durch den Wald, der hinter unserem Haus begann und bis kurz vor das Dorf ging, abzukürzen.

Das war trotzdem ein weiter Weg für die kleinen Füße und die Winter waren damals hart.

Es war in den Sommerferien 1950 oder 51, als ich mit meiner Mutter vom Dorf kam. Es fing schon etwas zu dunkeln an, da wurde meine Mutter von einem jungen Paar nach einem Weg gefragt. Da es schon kurz vor unserem Zuhause war, schickte mich meine Mutter allein heim. Sie ging mit den jungen Leuten hilfsbereit mit und kam erst spät zurück. Ich glaube, sie hat den Leuten ein Schlupfloch durch die „grüne Grenze" gezeigt.

Als ich an einem Junitag 1953 aus der Schule kam, begegneten mir kurz vor der Seeschule mehrere Panzer, die von Potsdam kamen. Sie fuhren über Großbeeren nach Berlin. Später erfuhr ich, daß die Panzer zur Einschüchterung der Menschen beim Arbeiteraufstand eingesetzt wurden. Es war der 17. Juni 1953.

Die Bewachung der Grenze wurde immer strenger, aber man konnte noch mit der S-Bahn durch die West-Sektoren fahren. 1957 sollte ich für meinen zukünftigen Schwager, der bei der Armee war, aus dem Westen Zigaretten holen, eine Schachtel HB. Er gab mir Geld und sagte: „Sag bloß nicht eine Schachtel BH". Ich fuhr mit der S-Bahn von Stahnsdorf nach Wannsee und sagte vor mich hin: „Eine Schachtel HB, HB, HB." Als ich am Kiosk war, sagt ich prompt: „Ich möchte eine Schachtel BH". Alle umherstehenden Männer lachten laut los. Ich bekam einen roten Kopf und verschwand, so schnell ich konnte.

Im Herbst 1957 erkrankte meine Mutter an Magenkrebs. Ihr schweres Leben und das ständige Hungern nach dem Krieg hatten sie frühzeitig zermürbt. Sie starb am 1. März 1958. Daß sie eine Heldin war, die sich für ihre Kinder aufgeopfert hatte, wurde mir erst viel später bewußt. Um mir den Aufenthalt in einem Heim zu ersparen, nahm mich eine verheiratete Schwester auf. Sie war Lehrerin und bewog mich, auch Lehrerin zu werden. So kam ich 1959 an ein Lehrerbildungsinstitut in der Prignitz.

Nach der Ausbildung sollte ich am 12.08.61 zu einem Vorstellungsgespräch in der Niederlausitz. Ich fuhr mit der S-Bahn ganz normal durch West- und Ostberlin. Nichts war von der Spannung, die damals knisterte, zu spüren. Als ich am 13.8.61 zurückfuhr, war der Fahrweg gesperrt. Ich mußte auf dem Außenring der Bahn nach Norden fahren.

Es war der Tag des Mauerbaus. Alle Verbindungen nach Westberlin wurden gekappt. Es begannen 28 schwere Jahre!

9 Jahre blieb ich in der Niederlausitz und hatte mit der Grenze wenig zu tun. Nur, wenn ich meine Schwestern besuchen wollte, hatte ich einige Umwege zu überwinden. Da zwei meiner Schwestern noch immer in Kienwerder wohnten, ließ ich mich 1970 nach Teltow versetzen. Jetzt wurde ich hautnah mit der Grenze konfrontiert, denn Berlin-Lichterfelde und Zehlendorf waren hinter der Mauer nur einen Steinwurf weit von Teltow entfernt. Man wußte, daß man nicht zu nahe an die Mauer kommen durfte, wenn man keine Schwierigkeiten haben wollte.

Nur einmal habe ich dieses Gebot übertreten, als ich einen Brief im Sperrgebiet in Seehof in einem Haus einwarf. Ich bekam keinen Ärger, aber ich hatte viele Jahre einen Alptraum: Ich robbe durch einen flachen Drahtverhau und

Grenzer jagen hinter mir her. Das ist nie passiert, doch die Angst war da. Sie verschwand erst 1989 nach dem Mauerfall.

Ab 1990 erkundete ich dann in einigen Wanderungen das Umfeld meiner Kindheit, alles was ich damals nicht kennenlernen konnte, Grenzgebiete und Militärgebiete bei Güterfelde.

GELA

Foto: A. Ehrlich

Die Friedhofsmauer

Ich wurde im Juli 1937 geboren und alle freuten sich auf mich. Mein Papa arbeitete auf der Ziegelei und Mutti betreute mich. Aber dieses Glück sollte nicht anhalten. Es gab Krieg.

1939 wurde mein Papa eingezogen und war lange Zeit nicht bei uns. Was Krieg bedeutet, das wusste ich damals nicht. Meine Mutti und ich besuchten Papa später in Wien in einem Lazarett. Er war auf eine Miene getreten, die sein Bein so verletzte, dass es amputiert werden musste. Er war nicht mehr kriegstauglich und so kam er nach Hause, nachdem man ihn aus dem Lazarett entlassen hatte. Jetzt erst wusste ich: „DAS ist Krieg".

1943 wurde mein Bruder geboren, leider in keine schöne Zeit hinein. Überall fielen Bomben und wir hatten viel Angst, obwohl unsere kleine Stadt nur einen Treffer überstehen musste.

1944 wurde ich eingeschult. Oft wurde der Unterricht vom Heulen der Sirenen unterbrochen. Fliegeralarm. Dann rannten alle, so schnell es ging, nach Hause zu ihren Eltern. Meine Freundin und ich wohnten in der gleichen Siedlung. Wir hatten einen weiten Weg und hasteten an der langen Friedhofsmauer entlang. Diese Mauer war immer eine Mauer des Schreckens für uns. Es war so widersinnig. Auf dem Friedhof rannten wir um unser Leben.

Wir hatten so fürchterliche Angst.

Foto: Sabernak

Genauso viel Angst hatte auch mein Papa. Er stand immer schon ungeduldig draußen, wartete auf uns und beobachtete die Flieger. Entweder Berlin oder Oranienburg, eine dieser Städte war meist das Ziel der Bomber.

Meine Mutti war schon mit meinem kleinen Bruder im Keller und Papa brachte uns zu ihnen. Dann verging immer eine endlos bange Zeit. Bis Papa dann die erlösenden Worte sagte: „Es ist wieder alles vorbei".

Unsere kleine Siedlung blieb verschont und die Familien dort hielten in all der Not zusammen.

(Hanna)

Der Flüchtlingstrack

Der Krieg brodelte und die Zeiten waren hart. Auch für uns Kinder.

„Hunger" war sicher das zermürbendste Wort für alle Eltern. Oft blieben die Jalousien bis zum Mittag unten, damit wir Kinder nicht nach Frühstück jammerten.

Die meisten Mahlzeiten bestanden aus Kohlrüben. Die gab es gekocht, gebraten, gerieben und als Puffer. Damit sie braun wurden, wurden sie auf Kaffeegrund auf der heißen Platte der Kochmaschine gebacken. Wenn es mal Kartoffeln gab, dann wurden die ähnlich zubereitet. Auch die Schalen, die wurden ebenfalls zu Puffer.

Ängste durchwaberten die kleine Stadt. Überall wurde geflüstert: „Der Russe ist im Anmarsch". Gerüchte über deren Gräueltaten verbreiteten sich rasend schnell. Auch wir hatten Angst und unsere Eltern beschlossen, mit vielen anderen, die Stadt zu verlassen. Mein Papa schippte in unserem

Schuppen ein Loch und vergrub darin alles, was wichtig war. Dann packten wir unsere wenigen Habseligkeiten zusammen und schlossen uns dem Flüchtlingstrack an. Wir hatten nur ein Fahrrad dabei. Das hatte ein Körbchen dran, in welchem mein kleiner Bruder saß. Ich saß von Zeit zu Zeit auf dem Gepäcksitz und so konnten meine Eltern mit den anderen Schritt halten. Wir wären sonst viel zu langsam gewesen, weil ich mit meinen kleinen Schritten nicht hinterherkam.

Es ging über Felder und Wiesen, vorbei an endlosen Wäldern und kleineren verlassenen Siedlungen bis nach Putlitz in der Prignitz (hinter Wittstock), da war unser Fußmarsch nach mehr als 100 km zu Ende. Es war sinnlos, weiter zu gehen. „Der Russe" war überall, es gab schreckliche Kontrollen. Die Frauen wurden, so gut es ging, versteckt. Mein Papa wäre fast erschossen worden, weil die Russen annahmen, wer eine Beinprothese trägt, sei ein Kriegsverbrecher. Er hatte Glück. Wir hatten Glück. Wir sind nicht verhungert, nicht erfroren und waren beieinander.

Von einer besonderen Begebenheit muss ich noch berichten.

Wir Kinder hatten – wie wohl alle Kinder – immer Hunger und Durst. Die kleine Kindergruppe des Tracks tat sich zusammen und ging zum Lagerfeuer der russischen Soldaten. Sie hatten zu Essen. Und wir – wir standen da und zählten ihnen die Happen in den Mund. Sie sahen zu uns herüber.

Plötzlich stand einer auf und kam auf uns zu. Wir wollten schon fortlaufen, aber er winkte weitere Soldaten heran. Wir verstanden kein Wort, aber die Gesten verstanden wir. Die waren freundlich. Wir blieben stehen. Sie gaben uns Brot, Speck und Wasser. Vielleicht warteten *ihre* Kinder in *ihrer* Heimat auch auf *ihre* Väter. Vielleicht erinnerten wir sie daran? Wer weiß.

Wir waren glücklich. Wir bedankten uns und liefen zurück. Wir waren für einen Tag satt und glücklich.

Manchmal war Sprache nicht wichtig. Manchmal siegte bei allem Elend auch die Menschlichkeit. „Diese Russen" hatten sich davon noch etwas bewahren können.

Während ich dies hier schreibe, wünsche ich für die kommenden Generationen: Möge es nie wieder solch einen schrecklichen Krieg geben.

(Hanna)

Verlust und Wiederfinden

Einleitung

Familiendaten der Familie Schwanke

Meine Großmutter hatte fünf Kinder und sieben Enkel. Meine Schwester Erika wurde 1939 geboren und verstarb 1943 im Alter von nur 4 Jahren. Wir waren eine Großfamilie und hielten auch in der Kriegszeit alle zusammen. Leider wurde der jüngste Sohn Willi zum Krieg eingezogen und kam nie wieder. Er hinterließ eine Frau und 2 Kinder. Der Schwiegersohn unserer Großmutter, August, war für einige Zeit in Frankreich stationiert.

Wie erlebte ich den 2. Weltkrieg und die Nachkriegszeit

Meine Großmutter, meine Eltern und Verwandten waren bestürzt, als 1939 der 2. Weltkrieg begann. Zu dieser Zeit war ich neun Jahre alt und lebte mit meinen Eltern im Haus der Großmutter in Teltow, in der Walter-Rathenau-Straße.

Immer, wenn ein weiteres Familienmitglied bei uns einzog, wurde angebaut. Unser Haus „wuchs" also immer weiter. Ich erlebte meine Kindheit in Teltow, hier ging ich auch zur Schule.

Als ich etwa 10 Jahre alt war, wurde ich, wegen Unterernährung, in den Ferien zur Erholung zu einem Großbauern verschickt. Zu dessen Familie in Besandten (bei Dömitz) gehörten auch noch die Bäuerin, ein Sohn im Alter von etwa 20 Jahren und eine Tochter.

Es gab für mich auf dem Hof viel zu staunen und sehr viel zu entdecken. Der Großbauer besaß Kühe, Schweine, Pferde und viel Kleinvieh. Am Wochenende fuhr die Bäuerin mit der Pferdekutsche zum Einkauf nach Dömitz. Ich war stolz, wenn ich vorn neben der Bäuerin sitzen durfte.

Jeden Tag brachte ich das Vesperbrot für die Angestellten zur Koppel, vorbei an einer weiteren riesigen Pferdekoppel, die zum Teil eingezäunt war. Mitten drin lag ein großer Karpfenteich, an dem alle Dorfbewohner einen Anteil hatten. Einmal sah ich beim Fischen zu. Als alle Fische zur Verteilung bereit lagen, wurden einem Dorfbewohner die Augen zugebunden und er verteilte nach und nach die Karpfen, denn sie waren ja nicht alle gleich groß und so wurde jeder Fisch „blind" verteilt und es gab niemals Streit.

Jede Woche wurde im Steinofen selbst Brot gebacken. Ich mußte dafür beim Kaufmann im nächsten Dorf für fünfzig Pfennige Sauerteig holen. Es wurde selbst gebuttert und geräuchert. Es gab immer viel Arbeit. Nach der Schafschur wurde Wolle gesponnen. Eines Tages kam der Dorfpolizist und brachte einen jungen Franzosen, der als „Gastarbeiter" bei meiner Gastfamilie arbeiten sollte. Warum er da war, das haben wir nie erfahren. Aber wenn jemand zu Besuch kam, dann aß er allein im Stallgebäude, deshalb vermute ich, dass es ein Kriegsgefangener war. Denn er durfte eigentlich nicht mit an unserem Tisch sitzen, aber die Bäuerin sagte: „Wer bei mir arbeitet, der sitzt auch an meinem Tisch". In dieser Zeit wurde vom Staat festgelegt, dass ab sofort ein Anteil Butter, geräucherte Ware und gesponnene Wolle abgegeben werden musste.

Jeder musste Opfer bringen in diesem fürchterlichen Krieg.

Zum Entsetzen der Großbauern hatte sich ihr Sohn freiwillig zu den Soldaten gemeldet. Einige Zeit später erhielten sie die traurige Nachricht: „... ist für sein Vaterland gefallen." Das hat mich auch als Kind sehr berührt. Ich dachte später noch oft an die schöne Zeit zurück und die Erinnerungen bleiben bis heute bestehen, weil wir dort von Kriegswirren noch nicht erreicht wurden.

1943 wurde unsere Schulklasse wegen der bedrohlichen Kriegslage um Berlin evakuiert. Wir kamen 3 Monate nach Modrá (Tschechei), anschließend war unser Aufenthalt für weitere 3 Monate in Trenahm-Teplice (Ungarn). Unsere Klassenlehrerin, Fräulein Schmiedel, betreute uns in allen Lebenslagen. Sie hat uns unterrichtet, auf gesunde und ausreichende Körperpflege geachtet, bei allen Wehwehchen geholfen. Sie war sehr streng, aber trotzdem mochten alle Kinder sie gern. Nach unserer Rückkehr in die Heimat kam sie durch einen Bombenangriff auf Teltow leider mit ihrem Vater ums Leben.

Bomben

Wieder in Deutschland erlebten wir den Krieg, der uns bisher für einige Zeit verschont hatte. Nun wurden die Bombenangriffe immer heftiger. Mein Vater, mein Onkel Fritz und ein Belgier, der als Arbeiter bei uns wohnte, gruben im Garten für uns einen provisorischen Bunker, abgesteift mit Bohlen und Brettern. Wenn die Sirenen heulten, gingen wir mit unseren wichtigsten Unterlagen, persönlichen Papieren und wenig Hab und Gut in diesen Bunker. Der konnte die gesamte Familie und eine Nachbarfamilie aufnehmen. So bangten etwa 15 Personen in dem kleinen Raum der Entwarnung entgegen.

Bei einem der Angriffe passierte das für uns Unfassbare. Es gab einen Knall und die Erde bebte. Eine Fliegerbombe schlug in der Nähe unseres Hauses ein. Nun war es eine Ruine, wir konnten nur noch einige Habseligkeiten retten. Wir alle waren jetzt obdachlos.

Die Grundschule in Teltow wurde für uns als Notunterkunft hergerichtet. Von nun an begann mein Schulunterricht in der „Neuen Schule" am Bahnhof Teltow. Wir hatten das große Glück nach Zehlendorf, Nähe Görzallee, in eine Wohnung von der Tochter eines Kollegen meines Vaters zu ziehen. Arbeitsbedingt zog diese vorübergehend nach Bayern. Ich hatte einen weiten Radweg nach Hause. So durfte ich bei Voralarm den Unterricht schon vorzeitig verlassen. Die Angst im Nacken. Denn oft kreisten die englischen Flugzeuge über mir am Himmel. Oft schaffte ich den Heimweg nicht, aber es gab immer hilfsbereite Menschen. So wurde ich oftmals von fremden Hausbesitzern abgefangen und bis zur Entwarnung in Sicherheit gebracht.

Die letzten Kriegstage

Langsam ging es dem Kriegsende entgegen. Wir hatten im Hause keinen Keller, so quartierte man uns im Bunker an der Görzsallee, in der Nähe von Telefunken, ein. Das Rote Kreuz versorgte uns rund um die Uhr. Bis ein russischer Offizier den Befehl gab, den Bunker zu verlassen. Zwischen den beiden Bunkern war eine deutsche Flak stationiert. Wir sahen viele tote Soldaten und es war für uns ein grausamer Anblick.

Mit großer Bestürzung stellten wir fest, dass unser Übergangs-Haus in der Görzallee von Soldaten besetzt worden war. Es blieb uns nichts anderes übrig, als zu versuchen, nach Teltow zu unseren Verwandten zu gehen – aber wie?

An der Zehlendorfer Brücke forderte ein Soldat meinen Vater auf, die Schuhe auszuziehen. Vater war Pförtner und hatte feste Stiefel an. Als Gegenleistung bekam er ein Paar Fußlappen. Das Fahrrad, was wir noch besaßen, landete durch einen Befehl im Teltow-Kanal. Wehmütig gingen wir weiter.

Eine Kletterpartie über die kaputte Brücke schlug fehl. Wir mußten über die Behelfsbrücke gehen und Gott sei Dank, irgendwie waren wir heil in Teltow gelandet. Meine Verwandten wohnten in Baracken, nahe der „Neuen Schule".

Eines Tages machten wir uns auf den Weg, den Arbeitskollegen meines Vaters zu besuchen, um zu berichten, was mit dem Haus seiner Tochter in Zehlendorf passiert war. Auf halbem Weg in Richtung Stahnsdorf kam uns ein kleiner Mongole entgegen. Er sah meinen kleinen Koffer (Inhalt waren persönliche Sachen und unser Goldschmuck). Ich sollte ihn öffnen. Als ich verneinte trat er mit seinem Stiefel dagegen und schwupps, der Koffer war auf und der wertvolle Inhalt weg. Besonders traurig war der Verlust der für mich wertvollen Goldsachen. Sie waren von meiner Konfirmation und nun waren sie dahin. Nun traurig in Stahnsdorf beim Kollegen meines Vaters angekommen, wurden wir herzlich empfangen und man stellte uns gleich ein kleines Zimmer zur Verfügung. So blieben wir dort für einige Tage.

Der Hunger war groß, deshalb gingen mein Vater und seine Kollegen mit einem kleinen Karren auf Lebensmittelsuche.

Sie wurden fündig. Im Speichergelände in Teltow lagerte noch Proviant für das ehemalige deutsche Militär, darunter befanden sich Kommissbrot in Büchsen und andere Sachen. So kamen sie reichlich beladen und glücklich zu Hause an. Doch leider hatte das Kommissbrot irgendwie Rauch angezogen und es war dadurch ungenießbar.

Eines Morgens standen zwei Offiziere vor der Tür und nahmen unbegründet meinen Vater mit. Nun ging ich mit meiner Mutter wieder nach Teltow, zu unseren Verwandten, die in Baracken bei der „Neuen Schule" untergekommen waren, zurück. Eines Tages nahm mich meine Mutti an der Hand, der Weg ging zur Kommandantur mit Sitz im Rathaus Teltow. Wir trugen dort unser Anliegen vor und baten darum, meinen Vater freizulassen. Die Antwort war: „…holt Euch Eure Männer von Hitler". Wir verließen das Rathaus, ein Soldat stand am Ausgang und drückte mir einen kleinen Eimer mit Brombeergelee in die Hand und streichelte meine Wange. Auf dem Heimweg überholte uns ein Soldaten-Lastwagen. Die Soldaten warfen uns Biomalz-bonbons vom LKW zu.

Meine Großmutter wurde trauriger und kränker. Sie konnte den Verlust ihres Hauses schwer verkraften. In der Kriegszeit wohnte bei uns ein Gastarbeiter (dienstverpflichtet durch die deutsche Besatzung) als Untermieter und musste nun alles miterleben. Er stammte aus Belgien (ein Flame) und war Möbeltischler und Schreiner. Er fertigte für meine Schwester und mich je ein Nähkästchen mit feinsten Intarsien-Arbeiten zur Erinnerung an. Für uns war es ein Vorteil, dass er da war, denn als Ausländer konnte er uns mit Lebensmitteln versorgen. Er hatte einen großen Eisentiegel dabei und darin konnte er die besten Kartoffelchips „zaubern". Zu dieser Zeit aß ich also meine ersten Chips, ich genoß diesen Geschmack und sie waren einfach wunderbar. Eines Tages, nach Kriegsende, trat er mit frohem Herzen seine Heimreise an. Wir freuten uns für ihn, waren aber auch traurig, ihn gehen zu sehen.

Nach langem Bangen stand plötzlich mein Vater erschöpft vor der Tür, was uns sehr überraschte. Glückliche Umstände verschonten ihn vor Lagerhaft. Das gelang durch die Hilfe einer russischen Ärztin, die ihn aus Teltow kannte und sich an ihn erinnerte. Er hatte ihr in den Kriegswirren ebenfalls geholfen.

Bei allen Schrecknissen dieser Zeit. Wir hatten Glück und wir trafen immer wieder auf Menschen, die auch wirklich menschlich waren.

(Christel Hübner)

Hamstern

Sie hatten wieder ein Dach über dem Kopf. Die ganze Familie musste ihre Heimatstadt verlassen, weil es durch viele Bombenangriffe zu wenig Wohnraum gab. Die Menschen wurden einfach im Land verteilt. Ella und Emil mussten mit ihren Kindern nach Zehdenick umsiedeln.

Sie hatten aber wenigstens wieder ein Dach über dem Kopf. In der Wohnung gab es wenig Platz, aber mitten im Zimmer stand das Beste. Ein Kanonenofen, der sogar funktionierte. So konnte man doch, wenn Heizmaterial vorhanden war, die Stube wärmen.

Ella machte sich oft, so oft es möglich war, auf den Weg, um bei den Bauern in den Nachbardörfern nach Lebensmitteln zu fragen. Manchmal konnte man etwas eintauschen, manchmal auch Kartoffeln stoppeln oder Kohlrüben ziehen. Meistens kam die Frauengruppe, die wohl viele, viele Kilometer zurückgelegt hatten, mit vollen Taschen wieder heim. Wenn sie Tauschware hatten, dann bekamen sie von den Bauern sogar Speck, Schmalz oder Butter. Mit rotem Gesicht stand Oma Ella dann in der Tür und freute sich, weil sie wusste, damit konnte sie wieder für einige Tage die Kinderschar satt bekommen.

Im Winter waren diese „Hamstertouren" besonders hart. Warme Schuhe hatten die Frauen nicht, mit viel Glück hatten sie sich aus einer Armeedecke einen notdürftigen Mantel geschneidert. An manchen Tagen, auch das empfanden die Frauen als Glück, konnten sie sich an die S-Bahn anhängen oder auf dem Trittbrett mitfahren. So hatten sie die Möglichkeit, entlegenere Dörfer „abzugrasen" und auch, wenn einige Bauern sie als „Bettelpack" und „Tagediebe" beschimpften, gab es auch solche, die gern eine Silbergabel oder eine alte Brosche gegen ein Essgeschirr mit Schmalz eintauschten.

An diesen langen Wintertagen, wenn Oma Ella müde und halb erfroren vom Zug kletterte, freute sie sich auf ihr Zuhause. Man konnte sich wieder aufwärmen. Von innen mit einer Suppe und von außen am Öfchen.

(Carmen Sabernak)

Verpetzt

1960/1961

Als wir noch mit der S-Bahn quer durch Berlin fahren
konnten, besuchte ich oft mit meiner kleinen Tochter eine
Freundin. Diese wohnte in Wannsee mit ihrer Familie. Meine Tochter saß in ihrem Kinderwagen und genoss die kleinen Ausflüge.

Wir verbrachten bei meiner Freundin einen schönen Nach-
mittag. Zum Abschied schenkte sie mir noch 10 DM, damit
ich auf dem Markt noch einkaufen konnte. In Wannsee gab
es nämlich einen wunderbaren kleinen Markt. Wir gaben
das Geld hauptsächlich für Bananen und Schokolade aus.

Zum Bahnhof war es nun nicht mehr weit. Die leckeren
Sachen hatte ich in den Fußsack des Kinderwagens gesteckt.

„Wenn die Polizei dich fragt, dann darfst du aber nicht sa-
gen, dass wir so schöne Sachen eingekauft haben, ja?", so

oder so ähnlich versuchte ich meine Tochter auf mögliche Kontrollen vorzubereiten.

Es lief wunderbar. Wir waren fast am Zielbahnhof.

Fast.

Mein Kind konnte nicht an sich halten. Der junge Mann vom Zoll war bei uns angekommen. „Sieh mal, mein neues Kleid!" sie strahlte ihn mit ihrer kindlichen Unschuld an. „Aber weißt du, ich sage dir nicht, wo die Bananen sind." Sie strahlte ihn noch immer an.

Nun war es passiert.

Stille. - Mir blieb jedes Wort im Halse stecken.

Der Polizist lächelte. „Na, dann lass sie Dir mal gut schmecken". Er nickte mir ohne ein weiteres Wort zu und ging weiter.

Mein Herz pochte immer noch im monotonen Rattertakt

der S-Bahn. Wir fuhren nach Hause, alles war gut gegangen und sowohl die Schokolade als auch die „verpetzten" Bananen schmeckten uns nach diesem Schreck besonders lecker.

(Hanna)

Foto: A. Ehrlich

Mauerbau

Im Jahr 1960 begann ich in Abendkursen auf der Volkshochschule die italienische Sprache zu lernen. Ich hatte davor im Urlaub Italien zweimal bereist, weil mir Land und Leute und die reichliche Sonne an den wundervollen Stränden der Adria und Riviera so sehr gefielen. Doch hätte ich mich gerne noch ein bißchen mehr mit den Menschen dort unterhalten. Deshalb wollte ich nun die Sprache wenigstens soweit erlernen, damit ich mich im Land allein und ohne Reisegruppe fortbewegen und mit den Menschen kommunizieren konnte.

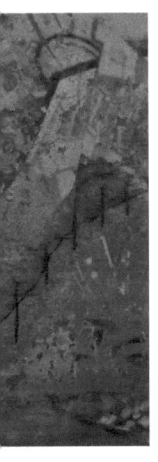

Also begann ich die Schulbank zu drücken. Das machte Spaß, der Lehrer verstand es, den Unterricht sehr unterhaltsam zu gestalten. Außerdem vermittelte er durch Kontakt zu einem kirchlichen Mitglied in der Stadt Monza, von dortigen, an der deutschen Sprache Interessierten, Adressen zu bekommen, sodass quasi ein steter Briefwechsel zwischen „Schülern" aus Italien und Deutschland entstand.

Das funktionierte hervorragend. Meine Kontaktperson war Antonia, eine Studentin, die auch Deutsch in Ihrem Lehrprogramm hatte. Es entstand ein reger Briefwechsel, jeder erzählte etwas aus seinem Umfeld, teils in der Muttersprache, teils in der Sprache des Empfängers geschrieben. Den letzteren Teil korrigierte der Empfänger und schickte diesen Teil dann wieder an den Absender zurück. So konnte jeder lesen, was er in seinem Bericht falsch geschrieben oder verkehrt zum Ausdruck gebracht hatte.

Das lief zwischen uns beiden so wohl schon ein halbes Jahr und Antonia standen Semesterferien bevor. Mit Einverständnis meiner Eltern luden wir sie ein, die Ferien als unser Gast in Berlin zu verbringen. Das wurde gern angenommen.

Antonia war ein sehr liebenswerter Mensch und wir verstanden uns alle gut. D.h. „verstanden" ist nicht der richtige Ausdruck, denn Zeichensprache und Wörterbuch unterstützten die Verständigung, besonders zwischen meinen Eltern und unserem Gast. Ich ging ja täglich zur Arbeit und tagsüber hatte meine Mutter dann das Vergnügen, sich im

Kauderwelsch zu verständigen. Antonia schickten wir für den Lerneffekt täglich auch zu kleinen Einkäufen aus. Sie übte noch im Bett kurz vor dem Einschlafen das für sie so schwierige Wort „Schrippen", die sie morgens besorgen sollte. Manches Mal hörte ich dann noch von ihr: „Sexs Schriiieepen, bitte"! Es gab jedenfalls viel zum Lachen bei uns daheim.

An den Wochenenden zeigte ich ihr dann die Sehenswürdigkeiten unseres Berlins. Ich hatte ihr zum Empfang einen Kalender mit den wichtigsten Bauwerken unserer Stadt geschenkt, die sie nun in Natura kennen lernen sollte. Es waren schöne Sommertage. Antonia und ich, wir zogen durch unsere Stadt. Wir waren am Brandenburger Tor, im Dom, besichtigten die sogenannte „schwangere Auster", das Denkmal der Russischen Armee nahe dem Brandenburger Tor, kurvten per Boot auf der Spree herum, erklommen den Funkturm und besichtigten halt vieles, was für einen Ausländer interessant ist.

Dann kam der 13. August 1961!

Wir waren entsetzt, wie alle Berliner. Aber, das große ABER! Wie würde es weitergehen? Schlucken die Berliner und die westlichen Alliierten diesen Affront? Was, wenn nur irgend einer durchdrehen würde, wenn ein Schuß fallen würde? Würde es Krieg geben? Wenn, ja wenn es kritisch, gar kriegerisch werden würde, was würde mit unserem Gast aus Italien geschehen? Käme sie heraus? Wir Berliner konnten uns doch nur allzu gut an die Zeit der Blockade erinnern. Antonia, grade 17 Jahre alt, war zum ersten Mal in ihrem Leben von ihrem Zuhause fort. Wir kannten ja auch niemanden weiter aus ihrer Familie und die ihrige kannte uns alle nicht. Welche Verantwortung lag bei uns! Obwohl Antonia grade erst zwei Wochen bei uns war und sechs Wochen bleiben sollte, entschlossen wir uns, sie nach Hause zu schicken, ehe irgendwelche Komplikationen für den Zugtransport auftreten konnten. So etwas konnte ja über Nacht entstehen! So leid es uns tat, wir informierten ihre Familie über Antonias unvorhergesehene schnelle Heimkehr und sagten ihr mit schwerem Herzen „Adieu".

Sie kam gut zu Hause an und unser Kontakt brach auch nicht ab. Ihr Studium beendete sie, aber Deutsch war nicht ein Hauptfach, obwohl sie es noch sehr gut gelernt hatte. In späteren Jahren habe ich sie und ihre Familie in Monza öfter aufgesucht. Auch noch bis zu ihrer Heirat und ich arbeitete zu der Zeit schon in Genf. Von dort aus war es ja auch nicht so weit bis Monza. In den späteren Jahren zerfiel unser Kontakt langsam durch unsere unterschiedlichen Verpflichtungen und Interessensgebiete.

Fotos: Sabernak

PS.:

Ich habe in all den Jahren schon meinem Hobby, dem Schmalfilm gefrönt. Natürlich hatte ich die Besichtigungsausflüge mit Antonia in Berlin aufgenommen. Als dann der Mauerbau kam, suchte ich die gleichen Orte wieder auf, soweit man sich denen noch nähern konnte – das Zoomobjektiv war dabei sehr hilfreich – und zeigte nun die gleichen Sehenswürdigkeiten mit ihren Abgrenzungen, die damals zuerst nur aus Stacheldraht bestanden.

Der interessante Abschluss des Filmes war dann noch der Besuch des amerikanischen Präsidenten John F. Kennedy in Berlin. Vom Flughafen Tegel fuhr er im offenen Auto mit Konrad Adenauer und unserem Bürgermeister, Willy Brandt, durch die Afrikanische Straße, in der wir wohnten. Ich konnte das alles von oben aus unserem Fenster filmen. Welch ein Ereignis! Das wurde nun wirklich ein S8-Schmalfilm, der einen wichtigen Teil der Geschichte unserer Stadt Berlin festhält.

(Edith Böhme)

Foto: A. Ehrlich

Eine unglaubliche Geschichte

Berlin-Teltow und zurück

Diese Geschichte über den oben abgebildeten Bulldog beginnt am 3. Februar 1934 und ist heute noch nicht zu Ende. Ich schreibe sie nicht in chronologischer Reihenfolge, sondern so, wie ich sie kennenlernte und erlebt habe.

Anfangen muß ich am 9. November 1989, abends um 18:00 Uhr, als ich aus der Uni kam. Um 20:00 Uhr sah ich die Tagesschau. Es war noch nichts besonders in den Nachrichten. Aber dann kam gegen 22:30 Uhr die überraschende Meldung, daß die Grenzen von der DDR geöffnet worden sind. Zweieinhalb Stunden verfolgte ich die Meldungen im Fernsehen und im Radio, dann hielt mich nichts mehr in meiner Wohnung, ich wollte die Geschehnisse hautnah auf der Straße miterleben. Auf dem Weg ins Zentrum, entlang dem Ku'damm, mußte ich mich immer wieder kneifen, um festzustellen, daß ich nicht träumte. Vor Freude über das unfaßbare Ereignis kamen mir die Tränen.

Mein Weg ging weiter zum Brandenburger Tor. Dort bin ich mit vielen über die Mauer geklettert und habe unter dem Tor einige Berliner „Ost" begrüßt. Es war überwältigend. Morgens um 5:00 Uhr war ich wieder in meiner Wohnung.

Am 11. November bin ich zu Hans-Adolf Hahn nach Leipzig gefahren. Es war ein ganz neues Gefühl und man konnte endlich unbesorgt ein Gegeneinladung aussprechen. Am Dienstagabend habe ich in der Berliner Abendschau Berichte über die an diesem Tag eröffneten Grenzübergänge gesehen. Auf einmal hörte ich ein bekanntes Geräusch und durch das TV-Bild fuhr ein Bulldog.

Die Szene war vom Grenzübergang Ostpreußendamm/Philipp-Müller-Allee. Mit Spannung kaufte ich am Mittwoch mehrere Zeitungen und entdeckte in einer tatsächlich ein Bild von dem Bulldog. Nach längerem Suchen fand ich die Agentur, die die Bilder aufgenommen hatte. Leider war das Negativ nicht mehr zu beschaffen. Ein Studienkollege gab mir den Tip, daß im Steglitzer Schaukasten zwei Bulldogbilder hängen, die im Zusammenhang mit der besagten Grenzöffnung zu sehen sind. Von der Pressestelle Bezirk Steglitz erhielt ich freundlicherweise Negative dieser Bulldogbilder. Über diese Bilder bin ich an den Namen und den Wohnort des Bulldogbesitzers gekommen.

Am 1. Dezember sind Christian Rady und ich zu dem Besitzer in die DDR gefahren. Der Bulldogfreund wohnt keine 500 m hinter dem Grenzübergang. Was uns dort erwartete, übertraf alles - und hier beginnt die eigentliche Geschichte des Bulldogs.

Dieser Bulldog hat am 14. November 1989 als erster Bulldog die geöffnete Grenze passiert und hat damit Geschichte
geschrieben. Daß über diesen Lanz-Bulldog auch noch
die komplette Lebensgeschichte vorhanden ist, hätten
Christian und ich nicht für möglich gehalten. Kaufvertrag,
Auftragsbestätigung, Rechnungen für Maschine, Ersatzteile und Montagearbeiten und, und, und, sind im Original
vorhanden. Der Bulldog vom Typ 12/20 combiniert HN/V
D7505c mit 6-Gang-Getriebe und Luftbereifung wurde am
3. Februar 1934 auf der Grünen Woche in Berlin unterm
Funkturm von Otto Kempf gekauft.

Der Kaufpreis betrug 5900,- Reichsmark, ein Fordson (Traktor) wurde in Zahlung gegeben. Die Auslieferung erfolgte nach der Ausstellung direkt vom Messegelände nach Treptow. Die Freude über den neuen Bulldog war nur von kurzer Dauer, denn Anfang März 1934 brach die Vorderachsstütze. Über die Wiederbeschaffung der Teile liegen noch alle Originalunterlagen vor. Zum Einsatz kam der Bulldog auf einem Berliner Stadtgut. Hier bewältigte er fast alle Arbeiten auf dem Acker. Im Mai 1934 wurde Otto Kempf von Lanz gebeten, einen Einsatzbericht über seinen Bulldog abzugeben. Besonders wollte man über die Eigenschaften der Luftbereifung informiert werden, denn diese war für Lanz damals Neuland.

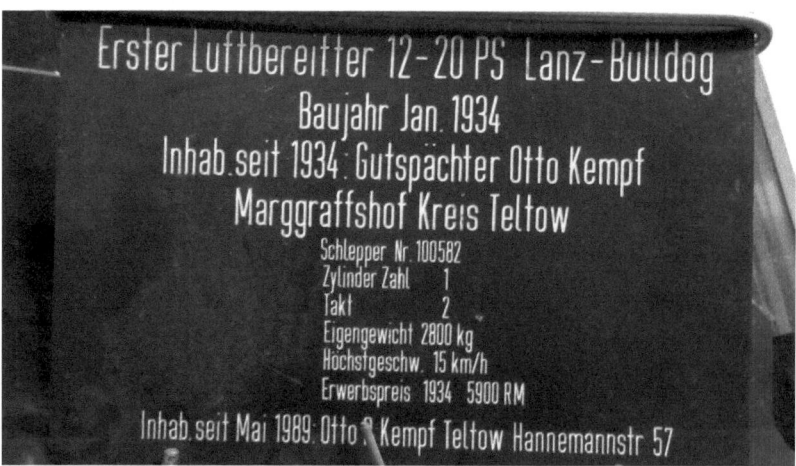

Foto: Sabernak

Da Otto Kempf in Lübben noch ein eigenes Gut besaß, wurde der Bulldog des Öfteren auf einem Anhänger hinter einem Hanomag Sturm mit Dieselmotor nach dort transportiert. Am 2. Februar 1937 wurde auf der Grünen Woche noch ein Lanz-Mähbinder mit Zapfwellentrieb gekauft. Da der 12/20 eine im Getriebe eingebaute Zapfwelle hat, konnte der Binder ohne Umbauten am Bulldog verwendet werden. Der Bulldog wurde immer vom gleichen Monteur betreut. Sein Name war Kempe und er wohnte in Stahnsdorf. 1948, nach 14 Jahren bekam der Bulldog einen neuen Kolben mit 171 mm Durchmesser, gleichzeitig wurden die Buchsen der Daumenwelle und diverse andere Teile erneuert.

Foto: Sabernak

Anfang der 50er Jahre war die älteste Tochter Hannelore
- geboren im Jahr des Bulldogkaufs - so alt, daß sie einen
Bulldog fahren durfte. Sie und der Bulldog sind ein Gespann geworden. Auf der heutigen Phillip-Müller-Allee
fuhr früher die Straßenbahnlinie 96 von Kleinmachnow
über Teltow nach Berlin Tempelhof.

Bei ihren Fahrten mit Grasfuhren hatte Hannelore mehr-
fach diese Straßenbahn mit dem Anhänger gerammt.
Meistens blieb der Anhänger an den Einstiegsgriffen hängen und wenn die 96 anhalten wollte, wurde sie von dem
Gespann weitergezogen. Hannelore merkte es erst, wenn
die Straßenbahnfahrer wild bimmelten. Es kam auch vor,
daß die Bahn bei solchen Gelegenheiten aus den Gleisen
geschoben wurde. Fahrerin und Bulldog waren in den
Berliner Straßenbahnerkreisen ein berühmt - berüchtigtes
Gespann.

Heute ist Raymund Kempf Besitzer des Bulldogs, obwohl
seine Schwester Hannelore mehr Anteile an diesem Bulldog hat. Raymund ist gelernter Schmied. Bereits am ersten
Lehrtag mußte er bei einer Bulldogreparatur helfen. Beim

Ausbau des Schwungrades haute er dem Fahrer mit dem Hammer auf die Finger. Solche Erinnerungen spiegeln natürlich die Verbundenheit zu dem Bulldog wider.

Foto: Archiv Raymund Kempf

Im Zusammenhang mit der Grenzöffnung Ostpreußendamm am 14. November 1989, wollte Raymund eine besondere Aktion starten, um einen historischen Bezug zur ehemaligen Straßenbahnlinie 96 herzustellen, da besondere Jugenderinnerungen hieran geknüpft sind. Zum Beispiel fuhr man in den 50er Jahren häufig nach Lichtenrade oder

Lichterfelde ins Kino und kaufte an einem, an der Stecke liegenden Kiosk, Süßigkeiten.

Dieser Kiosk war auch am 14. November 1989 sein Ziel. Da sein Plan, einen Straßenbahnzug der Linie 96 mit einem verkleideten IFA LKW H6 mit Anhänger nachzustellen an Materialmangel scheiterte, entschloß er sich, seinen Bulldog mit einem Transparent zu versehen und über die Grenze in Richtung Lichterfelde zu fahren.

Nach einigen Problemen am Übergang konnte er seine Fahrt Richtung Kiosk fortsetzen. Auf halbem Weg wurde er von einer Frau gestoppt, die ihm frische Berliner Pfannkuchen anbot. Bei dieser Gelegenheit fragte er, ob denn der Kiosk Proske noch existiere. Die Frau stutzte und sagte aufgeregt: „ Ich bin Frau PROSKE!" – Vor 28 Jahren hatte sie Raymund Süßigkeiten verkauft – heute, an diesem ereignisreichen Tag, führte sie der Zufall wieder zusammen. Inzwischen hat die Familie Proske den Kiosk zu einer Gaststätte ausgebaut.

Dieser Bulldog hat die Geschichte der Famile Kempf mitgeschrieben und er ist heute noch in Familienbesitz. Jedem muß klar sein, daß dieser Bulldog zu keinem Preis verkauft wird.

(Georg von Grebe)

Georg v. Grebe hat diesen ausführlichen Situationsbericht geschrieben. **Der Bericht ist in der Clubzeitschrift des LANZ-Bulldog-Club-Holstein e.V. „Der Pionier" im Jahre 1989 erschienen.**

Nun soll diese unglaubliche Geschichte noch einmal in diesem Buch in Erinnerung gerufen werden. Die freundliche Genehmigung zur Zweitveröffentlichung (mit geringen Änderungen) erhielt ich von Raymund Kempf, vom Bulldog-Club-Holstein e.V. und von Hermann v. Grebe, da Georg v. Grebe leider im Jahr 2004 verstorben ist.

Vielen Dank an Herrn Kempf, der mir mit viel Leidenschaft von seinem Bulldog berichtete und mir die schönen Fotos ermöglichte.

Carmen Sabernak

Das Arbeiten in Kriegstagen

Während des Weltkrieges von 1939 bis 1945 mußten alle Betriebe auf Hochtouren laufen und arbeiten. Dies galt für die Industrie, insbesondere für die Rüstungsindustrie, aber auch für die Betriebe der Ernährungswirtschaft, denn auf Importe mußte weitgehendst verzichtet werden. Zur Ernährungswirtschaft gehörten natürlich auch alle land-wirtschaftlichen Betriebe. Die bäuerlichen Einzelbetriebe waren hier besonders betroffen, denn die meisten Männer im wehrfähigen Alter waren eingezogen, oft gefallen oder als Kriegsversehrte zurückgekehrt. Somit lastete die ge-samte Arbeit auf den Landfrauen und den Alten.

Vom Gut in Günthersleben waren fast alle Männer ein-gezogen. Als Ersatz wurden dem Betrieb Zwangsarbeiter (sie wurden damals m.W. Fremdarbeiter genannt) zuge-wiesen, die im Wesentlichen, tlw. mit Familie, aus Polen nach Deutschland verschleppt waren. Diese waren in be-triebseigenen Wohnungen sehr primitiv untergebracht. Allerdings lebten sie dort nicht kaserniert, im Gegensatz zu anderen Wirtschaftszweigen. Für das tägliche Essen, sowie für den persönlichen Bedarf, der durch den Betrieb gedeckt werden konnte, war wenigstens gesorgt. Die Arbeitszeit begann allgemein im Sommer um 7 Uhr und im Winter um 8 Uhr. Die Kuhstallbesatzung fing schon früher an, denn die Milch von 40 bis 60 Kühen, die von Hand gemolken werden mußten, wurde gegen 8 Uhr nach Mühlberg in die Molkerei gefahren. Der 8-Stunden-Tag bei einer 56-Stunden-Woche wurde zwar angestrebt, konnte jedoch je nach Wetterlage nicht eingehalten werden. Auch waren Einsätze an Sonntagen möglich, wenn es die Ernte erforderte. Die Zwangsarbeiter mußten alle Arbeiten je nach Können übernehmen. So war z.B. der „*lange Stacho*" (sein richtiger Name und der Nachname sind mir nicht bekannt) von meinem Vater und Herrn Wenzel eingewiesen, die 55-PS-Bulldograupe zu bedienen und zu fahren. (Bei ihm machte ich als 8-jähriger meine ersten Fahrversuche auf der Fahrt vom Hof durch die Emleber Hohle zum Feld). Im Sommer wurde die Raupe zum Mähen mit dem Mähbinder eingesetzt. Dann war sie neben dem 15/30-PS-Kühlerbulldog für das Schälen der Stoppelfelder mit einem 6-Scharpflug zuständig.

Manchmal mußte sie auch die Dreschmaschine beim Feld-drusch oder beim Dreschen in der Feldscheune / Schaft-stall am Seeberg antreiben. Im Herbst war sie zuständig für das Pflügen der Felder zur Saatfurche oder zur Winterfur-che. Bei hoher Schneelage spannte man die Raupe vor den Schneepflug, um die örtlichen Wege zu räumen. Bei dieser Gelegenheit rutschte die Raupe einmal von der Bordstein-kante ab, wobei das Hinterachsgehäuse brach. Die Repara-tur gestaltete sich wegen der immer enger werdenden Er-satzteilbeschaffung als nicht ganz einfach. Bei sehr feuchtem Frühjahr wurde die Bulldog-Raupe wegen des niedrigen Bodendrucks zur Bestellung eingesetzt, sonst übernahmen dies die Pferdegespanne. All diese Arbeiten wurden auch vom „langen Stacho" durchgeführt. Einer der Zwangsarbei-ter war für den Getreideboden zuständig. Ob er dabei die Deputatrationen reichlich nach oben gerundet hat, weiß ich nicht zu berichten, zumindest sind mir diesbezüglich keine Klagen von meinem Vater bekannt, wobei ich heute anneh-men möchte, daß mein Vater bei dieser Sache auf beiden Augen blind war.

Bei all diesen Arbeiten im Hof, in den Scheunen, im Garten,

in den Ställen oder auf dem Feld war immer die Gefahr der Luftangriffe zu erwarten. Dieses „Gespenst" verfolgte alle in damaliger Zeit. Je weiter man vom Hof weg war, desto schwieriger war es, sich in Luftschutzkeller zu flüchten, wo ein gewisser Schutz erhofft wurde. Einer der größten Keller war der Wirtschaftskeller unter dem Schloß auf der Insel. Dieser lag zwar über der Wasserfläche des Teiches aber mein Vater hatte trotzdem immer ein unsicheres Gefühl, sollte eine Bombe das Schloß so ungünstig treffen, dass eine Flutung doch möglich sein konnte. Im Keller waren bei Luftalarm immer mehrere hundert Personen auf engstem Raum untergebracht, so daß die Belüftung problematisch wurde.

Man war immer wieder froh, wenn die Entwarnungssirene ertönte und man wieder ins Freie konnte. Uns Kindern war die damalige Gefahr zum Glück nicht bewußt, so verbrachten wir die Zeit bei spärlichster Beleuchtung mit verschieden Spielen oder wir schliefen irgendwie auf Koffern oder in den Armen der Erwachsenen. Manchmal durfte ich auch mit meinem Vater auf den Dachboden des Schlosses gehen, wenn die Angriffe weiter entfernt, also nicht auf Gotha oder

Erfurt niedergingen. Am Tage sah man die Flugzeuge wie sie ihre Bomben abwarfen, wie sie von Jagdflugzeugen gejagt und beschossen wurden. Einmal sah ich auch ein Flugzeug getroffen abstürzen. Die Bomber-Piloten retteten sich mit dem Fallschirm. Unten wurden sie sofort, wie man mir erzählte, gefangen genommen. Was aus ihnen wurde, ist mir unbekannt geblieben. Zum Glück wurden die Dörfer nicht so stark vom Luftkampf angegriffen. So hatte m.W. der direkte Ort Günthersleben keine Schädigung durch Bombenabwurf zu beklagen. Vor Tieffliegern sind viele Bewohner oft in Gräben oder andere Unterstände oder Verstecke geflohen. Herr Wenzel war einmal nachts mit der Bulldog-Raupe auf dem Feld und pflügte, diese war mit entsprechenden Tiefscheinwerfern, die mehr einer Funzel als normalen Scheinwerfern glichen, ausgestattet.

Die Lautstärke der Raupe ließ es nicht zu, daß man die Sirene für den Luftalarm hören konnte. Er sah nur plötzlich über Gotha die „Christbäume" (brennendes Magnesium aus Flugzeugen, um den Bomberbesatzungen die Ziele zu zeigen). Als einziger Schutzraum blieb ihm nur der Platz unter dem Raupenschlepper. Auch abstellen konnte er die Raupe nicht, denn das Wiederstarten erforderte das Vorheizen mit der Benzinheizlampe, die eine unerlaubte Lichtquelle und somit Ziel für Flugzeuge war. Ein weiteres Problem wurde die Kraftstoffverknappung durch die irrsinnige Kriegführung. Teilweise waren die Pferde für die Rüstungstransporte an der Front konfisziert und fehlten bei den Arbeiten auf dem Felde. Diese hätten mit betriebseigenem Futter versorgt werden können. Als Ersatz dafür wurden mehrere Simmentaler Ochsen angeschafft, die zum Ziehen im Gespannbetrieb angelernt werden mußten, was teilweise auch durch die Zwangsarbeiter erfolgte. Der Einsatz der Bulldogs, die zwar Dank ihrer Bauweise in der Lage waren, verschiedenste Flüssigkraftstoffe zu verarbeiten, war aber auch nicht immer ausreichend und nicht mehr sichergestellt. So wurde 1944 noch ein weiterer Bulldog angeschafft. Dies war ein 40-PS-Holzgas-Bulldog, der mit Eisenbereifung im Juni in Gotha eintraf.

Bei der Überführung nach Günthersleben im Benzinbetrieb, die Holzgaseinrichtung war noch nicht funktionsfähig, gab es bei Töpfleben einen mächtigen Schlag und die Maschine stand. Was war passiert? An der Kurbelwelle hatte sich ein Ausgleichsgewicht gelöst und hatte das Kurbelgehäuse zerschlagen. Man vermutete Sabotage im Werk Mannheim. Trotz Kriegseinwirkungen konnten auch jetzt noch die nötigen Ersatzteile beschafft werden. Die LANZ-Monteure hatten damals vom Holzgas auch noch nicht so viel Ahnung. Dies war für alle Benutzer Neuland. Es wurde jedoch geschafft, diesen Bulldog zur Ernte 1944 zum Einsatz zu bringen. Etliche Versuche mit den Einsätzen der Roste im vor dem Schlepper angebrachten Kessel waren erforderlich. Hierzu war es nötig, das noch brennende Holz und die glühende Holzkohle aus dem Kessel zu entfernen, um den Rost wechseln zu können.

Dies geschah im Juli 1944 bei großer Hitze. Um die Teile aus dem Kessel zu holen, packte man mich als 7-jährigen Knirps an den Beinen und hielt mich, mit dem Kopf nach unten in den Kessel, um den Rost richtig zu justieren. Da ich nur eine Badehose anhatte, wurde zwar kaum Kleidung beschmutzt, dafür mußte meine Mutter mich anschließend von allen Seiten mit ATA schrubben, um Ruß und Teer zu entfernen. Als Tank fungierte jetzt ein kleiner, umgebauter Kutschanhänger mit mehreren Säcken Generatorholz. Der

Holzgasbulldog bekam die Gummireifen des 38-PS-Bull-dogs und war somit straßentauglich.

Das Fahren des Getreides als Fuhren oder des Kornes in Säcken machte dem Holzgasbulldog Schwierigkeiten: Fuhr der Bulldog bergab, wurde kaum Holzgas benötigt und die Gasproduktion reduzierte sich. Ging es anschließend bergauf, war zu wenig Gas vorhanden; die Gasproduktion wurde wieder angefacht und man hatte auf der Bergkuppe wieder ausreichend Gas, das dann nicht mehr benötigt wurde. Diese Erkenntnisse waren natürlich für den Maschinisten, Herrn Kronfeld, ein entsprechender Lernprozess. Die Folge war, dass dieser Holzgasbulldog möglichst nur für gleichmäßige Arbeiten Verwendung fand. Diese waren das Pflügen, Bindern, Antreiben der Dreschmaschine, Mistfahren usw.

Die auf dem Gutshof beschäftigten Mitarbeiter erhielten für Ihre Tätigkeit neben der Entlohnung wöchentliche Deputate und wohnten, wenn sie keine eigene Wohnung besaßen oder gemietet hatten, in betriebseigenen Wohnungen. Das Deputat wurde jeden Freitag ausgegeben, dazu hatte jeder Empfänger entsprechende Beutel oder Säcke bzw. Gefäße früh abzugeben, um diese dann gefüllt zum Feierabend mitzunehmen. Dies war bei den Zwangsarbeitern gleichermaßen. Da der Betrieb keine eigene Schlachterei besaß, wurden die für Mitarbeiter zu schlachtenden Tiere im Nachbarort Schwabhausen in der Fleischerei Hartwig Koch geschlachtet und entsprechend verarbeitet und aufgeteilt. Jeden Freitag, bei Wind und Wetter fuhr ein Pferdewagen mit Herrn Glaser oder meinem Vater, oft durfte ich als kleiner Steppke mitfahren, nach Schwabhausen, um die entsprechenden Rationen dort zu holen und diese dann als Deputat mit auszugeben.

Als Deputat gab es u.a. Erbsen, Bohnen, Graupen, Mehl, Grieß, Vollmilch oder Magermilch (täglich), Stangenkäse, Butter, Quark, Kartoffeln, Steckrüben, Gemüse, Äpfel, Birnen usw. Wer selbst ein Schwein zum Schlachten aufzog, konnte auch Futterkartoffeln und Getreide bzw. Getreideschrot oder Weizen für die Hühner erhalten. Für Ziegen gab es auch Heu, Rüben und Stroh. Zum Heizen gab es Brennholz. Der Betrieb besaß kaum eigenen Wald. Deshalb wurde bei Luisenthal Holz zum Einschlag vom Staatsforst zugewiesen, das vom Betrieb bezahlt wurde.

So zogen etliche Mitarbeiter mit Pferden und Wagen, sowie mit dem gummibereiften Bulldog und einem Gummiwagen mehrmals im Jahr nach Luisenthal, um dort Holz einzuschlagen, zu zerkleinern und zu verladen. Das Nutzholz kam nach Ohrdruf ins Sägewerk und wurde nach Bedarf für die Schreinerei/Zimmerei des Betriebes zugeschnitten. Ich erinnere mich an einen Einschlagtag nach den Erntearbeiten im August bei sehr schwüler Witterung: Die Mitarbeiter waren frühzeitig nach Luisenthal aufgebrochen, um in der Kühle des Morgens nach dort zu kommen. Herr Glaser fuhr später mit der Kutsche, ich durfte in der Ferienzeit mitfahren, hinterher, um das Mittagessen, es gab Kartoffelsalat und Koteletts, nach dort zu bringen. Der Kartoffelsalat wurde in einer Milchkanne transportiert, die verschlossen war.

Dort angekommen, stellten alle, sehr hungrig und freudig aufs Essen, fest, daß der Kartoffelsalat bei der Schwüle sauer geworden war. Es gab lange Gesichter, und die Mägen blieben hungrig. Das Brennholz wurde zum Gutshof gebracht und dort mit der Kreissäge zugeschnitten, anschließend mit der Hand gehackt (gespalten) und zu mehreren Holzschobern zum Trocknen aufgestapelt. Mit Kohle bzw. Briketts wurde recht sparsam umgegangen, da man dafür auch damals schon „tiefer in die Tasche greifen mußte". Mit dem preiswerteren Braunkohlenkoks (Grudekoks) heizte man in der Wirtschaftsküche Spülwasser, kochte Kaffee, was damals Malzkaffee aus gebrannter Gerste war, für alle Mitarbeiter usw.

Dieses Brennholz heizte die Futterkessel des Betriebes, die Wirtschafts- und Sozialräume (diese hießen „Kutscherstuben"), die Wohnung des Verwalters (meiner Eltern), die Wohnungen der Mitarbeiter (Deputat). Wenn Mitglieder der Familie v. Swaine in Günthersleben weilten, wurden auch Räume im Schloß je nach Witterung geheizt. In den letzten Kriegsjahren waren Kunstgegenstände aus Gotha eingelagert. Um dafür ein einigermaßen vernünftiges Klima zu haben, wurde das Schloß auch im Winter spärlich geheizt. Dies war nicht nur für die Kunstgegenstände von Nutzen, es war auch für das ganze Schloßgebäude von Nutzen, wurde es dadurch belüftet und getrocknet. – Leider vergebens, denn die Kunstgegenstände wurden m.W. zur Beuteware der Besatzungen, und das Schloß wurde nach dem Krieg als „*feudales Relikt*" abgerissen.

(Hermann von Grebe)

Diese Geschichte wurde bereits veröffentlicht im Buch „Im Tal des wilden Wassers", Chronik der Ortschaften Günthersleben und Wechmar.

Ich danke dem Herausgeber Knut Kreuch (Oberbürgermeister der Stadt Gotha), der einer Zweitveröffentlichung zugestimmt hat.

Carmen Sabernak

Foto: J. Ehrlich

Über die Autoren:

GELA (Jahrgang 1943)
Hobbies: Theatergruppe, Wandern

Hanna (Jahrgang 1937)
Geboren in Zehdenick kam Hanna vor 57 Jahren mit ihrem Mann nach Potsdam. Hier arbeiteten und lebten sie mit ihren 2 Töchtern, und waren glücklich verheiratet, bis ihr Mann 2009 starb.

Sie unternahmen gemeinsam viele Reisen, nach 1989 auch einige in die Länder, in denen Besuche bis dahin nicht möglich waren. Sie liebten ihren Garten und verbrachten dort viel Zeit mit ihren Enkelkindern.

Christel Hübner (Jahrgang 1931)
Teltowerin, war als Sachbearbeiterin tätig und war später in der Kulturarbeit eines Großbetriebes tätig. Seit sie im Unruhestand ist, hat sie mehr Zeit für die Mitwirkung in einer Singegruppe.

Sie bäckt und kocht noch immer leidenschaftlich gern und greift dabei auch gern auf Rezepte zurück, die schon seit ewigen Zeiten im Familienrezeptbuch aufgeschrieben wurden. Sie hat 2 Töchter und 3 erwachsene Enkelkinder und ist glücklich, wenn sie zusammen sein können.

Carmen Sabernak (Jahrgang 1958)

Schreibt am liebsten mit Blick auf das Meer oder auf ihrer Rosenbank im Familiengarten.

Edith Böhme (Jahrgang 1927)

Die gebürtige Berlinerin Edith Böhme begann ihre berufliche Laufbahn in einem großen Industrieunternehmen in Berlin. Als ausgebildete Chemotechnikerin arbeitete sie anschließend 23 Jahre in der Schweiz (Genf) im technischen Kundendienst eines amerikanischen Herstellers von Kunststoff- Rohstoffen. Seit ihrer Pensionierung wohnt sie wieder in Deutschland.

Als Ausgleich zu ihrer beruflichen Tätigkeit in der Welt der Technik bemühte sie sich in ihren Urlaubswochen - später dann auch für längere Einsätze - um Volontärarbeiten auf naturwissenschaftlichen Forschungsstationen.

Ihre Volontäreinsätze verbrachte sie auf Galapagos, einem geologischen Forschungsschiff, einer Insel im Großen Barriere Riff, in Südafrika sowie in den Wüsten Israels und Namibias.

Dr. Hermann v. Grebe (Jahrgang 1936)

wurde geboren in Gotha/Thüringen und erlebte seine Kinderjahre bis 1945 in Günthersleben bei Gotha. Sein Vater war Inspektor in einem größeren landwirtschaftlichen Gut. Das hatte zur Folge, dass die gesamte Familie nach 1945 erst aus Günthersleben und später auch aus dem Kreis Gotha vertrieben wurde.

Sie baute sich eine neue Existenz in der Nähe von Weimar auf. Hermann v. Grebe studierte erst in Dresden, verließ die DDR durch Flucht nach Westberlin und studierte später in Braunschweig. 1963 war er als Wissenschaftlicher Mitarbeiter, später Assistent am Institut für Maschinenelemente und Fördertechnik der TU Braunschweig tätig. Er promovierte 1971 und erhielt bis 1997 Lehraufträge an Fachschulen in der Region, 1992 Ernennung zum Studiendirektor für das Fach Maschinenwesen an der Bergfachschule.

Seit 1962 ist er verheiratet, hat 3 Kinder und 4 Enkel. Seit 1972 lebt er mit seiner Familie im eigenen Haus in Bochum. Noch immer fährt er mit seiner Frau jedes Jahr in den Camping-Urlaub in Premantura und nach Kroatien/Istrien. Er pflegt seine Leidenschaften auch im Unruhestand (seit 1997) weiter. So zum Beispiel: Jagd; Oldtimer-Traktoren und Landtechnik (1984 Erwerb eines Lanz-Bulldog als Oldtimer); Doppelkopf-Spiel.

Georg Carl v. Grebe (1965-2004)

in Braunschweig geboren. Schule und Ausbildung zum Chemo-Techniker absolvierte er in Bochum. Er teilte die Leidenschaft seines Vaters und war bereits in den 80-ger Jahren Mitrestaurator dessen LANZ-Bulldogs und eines Bischoff-Schleppers.

Georg v. Grebe studierte in Berlin Metall- und Hüttentechnik, als er Zeitzeuge der Maueröffnung wurde. Er erstieg die Berliner Mauer am 09. November 1989.

Er arbeitete in Firmen der Chemie- und KFZ-Zubehör-Branche, bekam zwei Söhne und starb 2004 plötzlich in Heidelberg an einer Embolie.

Über die Fotografen:

Annette Ehrlich (Jahrgang 1966)

Annette Ehrlich, gebürtige Berlinerin, absolvierte ihre Ausbildung und erste Berufsjahre in der Pharmazie (PTA). Später war sie Angestellte bei einer Versicherung, bis sie sich als Maklerin selbstständig machte. Die Leidenschaft für die Fotografie teilt sie mit ihrer Tochter. Sie besuchten zusammen 3 Foto-Kurse an der HTW bei Gesine Born. Eine andere große Leidenschaft ist der 1. FC Union Berlin.

Josephin Ehrlich (Jahrgang 1988)

Josephin Ehrlich, geboren in Berlin, arbeitet nach ihrem BWL-Studium als Personalsachbearbeiterin. Sie teilt mit ihrer Mutter die Leidenschaft für die Fotografie. Gemeinsam besuchten sie 3 Foto-Kurse an der HTW bei Gesine Born.

Aus der Reihe „Perlen unserer Erinnerung"
sind bereits erschienen:

„Hannas Weihnachtsengel"
erschienen 2013 im BoD Verlag

ISBN: 9783732280414
Preis: 5,00 Euro

„Begegnungen im Leben"
erschienen 2013 im BoD Verlag

ISBN: 9783732280889
Preis: 5,00 Euro